Mujeres Mojadas

Luis Pérez de Castro

Mujeres Mojadas

Luis Pérez de Castro

CAAW EDICIONES

2017

Titulo original: Mujeres mojadas
© Luis Pérez de Castro, 2017
© CAAW Ediciones, 2017
caawincmiami@gmail.com

Primera edición, 2017
ISBN: 978-1-94676201-6

Diseño de cubierta: Jorge L. Álvarez
Ilustración de cubierta: CCO *Public Domain*
https://pixabay.com/en/users/efes-18331/

A MANERA DE PRÓLOGO

No consideren, amables lectores, estas breves líneas como un prólogo. Son solo unas pocas palabras introductorias a un libro, también breve pero muy contundente, que me ha llamado poderosamente la atención. *Mujeres mojadas*, CAAW Ediciones, 2017, no es el primer libro que pone a nuestra consideración el poeta e historiador cubano Luis Pérez de Castro –es un escritor hecho y derecho, con alrededor de diez libros publicados, quizás más, en diferentes países y editoriales–, pero creo que esta es una de las obras relacionadas con Cuba más crudas y directas que he leído. Y no solo de él, sino de los escritores cubanos en general, y esto incluye una poco nutrida pero muy sólida estirpe que comenzó con el siempre mencionado, pero muy raramente leído *Hombre sin mujer* (1938), del gallego nacionalizado cubano Carlos Montenegro, y ha continuado con algunos fragmentos de Reinaldo Arenas, con todos los libros de Pedro Juan Gutiérrez, la Zoé Valdés de los primeros tiempos y el parco pero conciso Fernando Velázquez Medina.

Aunque este volumen forma parte del catálogo Erótika de CAAW Ediciones, *Mujeres mojadas*, en mi opinión, nos muestra una estrategia narrativa que va mucho más lejos, y cala más profundo que el simple, es un decir, erotismo literario.

Este libro se inscribe, por derecho propio, en el denominado y no siempre bien catalogado realismo sucio, ese estilo literario caracterizado por su estética violenta, sobria al extremo del minimalismo, ajena a los adjetivos, de giros impactantes, o por lo menos inesperados, y personajes comunes y corrientes, sí, pero también vulgares, miserables y sin futuro.

Los seres que deambulan por estos libros son casi siempre abyectos, maltratantes, maltratados –o ambas cosas a la vez–, marginales, crueles, infames, degradados, pero, a veces, paradójicamente heroicos en su afán de sobrevivir a toda costa y proteger una extraña especie de dignidad, esa patética dignidad del invariable perdedor. Es una forma de narrar que suele casi siempre llevarnos de la mano al momento justo en que una vida humana se quiebra, generalmente para mal, en el instante en que toma otro rumbo, o ningún rumbo, que la fe y el futuro no se han hecho para estas gentes.

Se dice siempre que el realismo sucio nació en las décadas del sesenta y setenta del siglo XX, en los Estados Unidos; que fue iniciado por escritores como John Fante, Charles Bukowski, Tobias Wolff, Richard Ford, Raymond Carver y, más recientemente, Chuck Palahniuk. Pero lo cierto es que ya mucho antes el cuentista William S. Porter, conocido como O. Henry, había construido una obra que prefigura nítidamente esta forma de narrar. Y no solo él, J.D. Salinger, Henry Miller, Truman Capote y, de cierta manera, Tom Wolfe también habían jugado con estilos narrativos muy semejantes. Como vemos, el realismo sucio es un vehículo en el que viaja poca gente, pero viajar en ese vehículo, como hace Pérez de Castro, significa ir acompañado por gente muy relevante e importante para la literatura.

En el caso de los autores cubanos, y Luis Pérez de Castro y su *Mujeres mojadas* es un ejemplo muy particular, asistimos a un fenómeno de profundas raíces contestatarias, que en ocasiones les ha hecho sufrir rechazos y censuras que van mucho más allá de la pacatería de las sociedades occidentales. Las denuncias sociales, propias de esta forma de escribir, adquieren, entre los cubanos, una connotación muy especial. ¿Por qué? Porque ese fenómeno político y social denominado Revolución Cubana, con casi sesenta años sobre sus espaldas –y sobre las espaldas de los cubanos, valga el señalamiento– ha sostenido siempre que uno de sus valores, de sus grandes valores, es la creación de un ser social de nuevo cuño, el llamado por el Che Guevara: «hombre nuevo». Una especie de muñeco de cera liberado de todas las lacras de las sociedades capitalistas burguesas. Un ser, un ente abstracto, por supuesto, que practica la solidaridad a ultranza y ha dejado muy atrás los vicios propios de la esencia humana pre revolucionaria.

Pues bien, estos autores, y *Mujeres mojadas* es un magnífico ejemplo, demuelen hasta los cimientos este constructo utópico, o para decirlo de otra forma menos académica, esta falacia puramente propagandística.

Los personajes que se mueven en los cuatro cuentos –uno se resiente de que sean tan pocos– que componen este a veces desgarrador libro, no son ni peores ni mejores que cualquier ser humano, sin importar de dónde sea. El problema, para ellos, es que el medio en el que se desenvuelven, un medio donde de haberse cumplido lo que prometieron hace casi sesenta años sería poco menos que el Paraíso, en realidad se parece mucho, y cuidado, al Infierno. Ese infierno donde se cumple a rajatabla la venerable sentencia del señor Carlos Marx: Allí el hombre es el lobo del hombre.

En los cuentos *Etié mi cosinca* y *Rostros en la oscuridad*, el primero y el último del libro, Pérez de Castro nos introduce en las tremendas realidades del mundo de las prisiones cubanas, esos almacenes de mujeres y hombres, generalmente muy jóvenes, donde cualquier cosa puede ocurrir, menos regenerar –reeducar le dicen allá– a alguien. O quizás sí, se educan, pero no para el bien, sino todo lo contrario.

Me llamaban Charles, el segundo cuento, trata un tema más convencional en Cuba, pero no por ello menos lacerante. El del «hijo de dirigente», ese muchacho destinado a demostrar, como una postal turística, las «maravillas ideológicas» del padre (o la madre, o ambos), pero que se sale del camino previsto. En fin, ese hijo que debe cargar el despiadado peso de la culpa por ser él mismo y no «el otro» que debiera haber sido.

Mujeres mojadas, el tercer cuento y que le da nombre al libro, es para mí el más impactante y el que pienso debe resultar más difícil de aceptar por los convencionalismos del sistema. Pero no quiero adelantar el argumento. Pase usted, amigo lector, el susto de leerlo tal y como lo pasé yo.

Este libro, *Mujeres mojadas*, es como esas enfermedades de curso breve –se lee rápido–, que dejan secuelas. Algo cambia dentro de nosotros después de recorrer sus páginas, y cambia para siempre porque nos damos cuenta de que la vida de muchos cubanos tiene facetas y recovecos muy oscuros que, paradójicamente, no van a cambiar.

Para el que no haya leído antes la literatura de Luis Pérez de Castro, este es un buen comienzo.

Pero no se confíe. El libro duele.

Félix J. Fojo felixfojo@gmail.com
Miami, 2017

Saylí, Han y Luisito. Hijos míos.
Estas son las sombras que nos acechan,
eviten el vórtice de su luz, eviten caer.

A los amigos que yacen en la palabra, ellos
saben.
Más allá de cualquier frustración, de los
designios que nos imponen.

Mientras no se relate la historia pendiente de nosotros mismos, nada de lo que se diga podrá bastarnos.

LAURA RIDING

La única tristeza consiste en no ser santos.

LEÓN BLOY

Etié mi cosinca

Una sombra en la sutileza de los cuerdos, el tribunal

La atmósfera cargaba olores húmedos, traía el agua y el viento que golpeaba los cristales de un carro estacionado frente a una construcción que simulaba un estilo gótico.

—Dale, bombón, para que cojas lo tuyo —exclamó un policía con aspecto de depredador.

—Yo tengo mi nombre, compañero oficial —le dijo la mujer.

—¿Y cómo te llamas? —le preguntó con sarcasmo.

—Mayra —respondió con voz apagada—. Pero está lloviendo y yo…

—Yo nada —interrumpió el depredador—, pon las manos para esposarte.

Después de ser esposada, miró con detenimiento para el interior del local. Dos mujeres conversaban con un viejo, detrás de ellos otro viejo los observaba con un revólver en la cintura. Hizo un ademán como para salir del carro.

—Espérate —le ordenó el depredador—, a ver si afloja esto.

Mayra se reclinó en el asiento y abrió un libro, pero la imagen de las tres personas y del viejo con el revólver en la cintura vagaban por cada hoja que pasaba sin detenerse.

Cerró el libro y lo guardó en un bolso que llevaba sobre las piernas.

—¿Tú viste el año que hicieron esto? —preguntó un flaco sentado detrás del timón, señalando para un monumento que permanecía a su lado.

—¿Tú crees que después de la noche que he tenido yo tenga deseos de mirar nada? —respondió el depredador, dejando caer la gorra sobre los ojos.

Mayra repasó cada detalle del monumento. Al llegar a la base se detuvo en una placa que decía: «Audiencia Provincial /Esta obra fue construida gracias a la benevolencia y sabiduría del excelentísimo señor Benito de la Caridad». Respiró profundo, dejó caer la cabeza hacia atrás y sus ojos se tornaron de un azul grisáceo, como si de momento los invadiera la humedad de la lluvia.

—Vamos —le ordenó el depredador.

Subieron con lentitud las escaleras. Las mismas personas que aún hablaban en la entrada la miraron con desdén.

Complicidad melancólica del ángel, la sanción

—Acusada, póngase de pie —le exigió una mujer con voz penetrante—. ¿Incumplimiento del deber de denunciar?

Mayra movió la cabeza con un gesto positivo.

—Aquí se responde de forma verbal —le exigió, una vez más, la mujer—. Responda, ¿sí o no?

Mayra observaba cada rostro, cada movimiento de aquellas personas que no dejaban de murmurar, de ignorar el chorro de diarrea que, aprisionado contra el blúmer, le quemaba las nalgas. Quiso desprenderse de todo aquello.

—No se puede mover —gruñó un joven detrás de ella.

Observó el rostro de la mujer. A otros dos hombres que a su lado apoyaban, con un ligero movimiento de cabeza, cuantos artículos, leyes y modificaciones leía esta en voz baja. Recorrió con la vista cada rincón del local. Repasó, con una mezcla de estupor y serenidad, las paredes y el techo, pero no logró escapar de los temblores, del sobresalto que dominaba su estómago y le impulsaba, de forma intermitente, otro chorro de diarrea.

—Los jueces se retiran a deliberar —anunció una muchacha después de arrastrar una mesa—, de pie.

La sala quedó en silencio por un instante. Mayra observaba como ante sus ojos, aún sin perder el color azul grisáceo, se reeditaba una nueva doctrina en contra de la liberación de su alma. Entonces presintió que dejaba de ser la obrera asalariada, la militante partidista. Se llevó la mano derecha hasta las nalgas, palpó e hizo un gesto de dolor.

—¿Te estás cagando? —le preguntó el joven.

—Sí —murmuró.

—Aguanta —ironizó el joven—, que ya te están al rajar.

Presintió que su historia había muerto, que se convertía en la migaja que necesitaban otros para salvar su conciencia y, en breves minutos, la mandarían detrás de las rejas, vestida de gris y una P ribeteada en negro sobre su espalda.

—¡De pie! —gritó la muchacha, esta vez sin arrastrar la mesa.

La mujer entró escoltada por los dos hombres. Uno se adelantó, alzó la silla y le ayudó a sentarse.

—Gracias —murmuró.

El otro puso entre los brazos de la mujer un libro y ambos se sentaron a su lado. La mujer meditó por un instante, y dijo:

—Este tribunal después de haber analizado las pruebas presentadas por separado y en conjunto, y teniendo en cuenta los preceptos educativos de la sanción, así como el artículo 161, 1, inciso b del código penal, sanciona a la acusada Mayra Lezcano Orozco a un año de privación de libertad a cumplir en un establecimiento penitenciario del Ministerio del Interior.

Una corriente de aire húmedo, el aliento esperanzador de Elegguá, más otro chorro de diarrea, registraron con mayor fuerza a Mayra. La muchacha corrió con cuidado la mesa, fue hasta Mayra y le dijo:

—Si lo deseas puedes ir al baño.

—Si aquí te cagaste —espoleó el joven—, en la prisión te vas por el retrete.

Mayra se detuvo y le dijo con voz afligida:

—Cuídese, que cuando las desgracias llegan hasta los santos te abandonan.

Mientras, más allá de las puertas existía una ciudad, un pueblo perdido entre dos monedas disputándose su valor en las casas de cambio, una iglesia donde los feligreses volcaban su ignorancia a los pies de Jesús. También el eco de los cocheros tras el látigo y los cojones que les gritaban a los caballos y a cuantos chóferes no respetaban su derecho a la supervivencia.

Oda a una calma inexistente, la prisión

—¿Nombre? —preguntó una mujer con gestos masculinos.

—Mayra Lezcano —respondió.

—¿No te dieron el segundo apellido? —satirizó la mujer.

—Orozco, compañera combatiente.

—Su sección es la de las primarias. Mi nombre es Carmen y soy la jefa de orden interior —le dijo mientras le entregaba una carpeta llena de papeles—. Esos son sus derechos, deberes y obligaciones. La cuartelera la va a ubicar.

Mayra caminaba con el bolso colgado de un hombro, con la vista perdida en el color blanco de las paredes y las consignas pintadas en las jardineras. Pasó frente a un aula donde permanecían reunidas un grupo de reclusas. El bolso se le desprendió del hombro.

—No cojas lucha, ya se te pasará.

Escuchó que le dijeron. Miró y, pegada a las rejas, una muchacha sonreía.

—Yo también pasé por eso y ya me climaticé —le volvió a decir la muchacha.

Se acercó a las rejas y le dijo:

—Gracias. Me mandaron para la tres.

—¿Quién dijo que podías pararte ahí? —le preguntó Carmen desde la oficina.

—Carmen —gritó una reclusa—, no seas abusadora y déjala que se defienda.

—Por gusto no te dicen «la niñera» —gritó una segunda reclusa—, ojitos azules y todo.

—¡Acaben de callarse! —reclamó Carmen parada frente a la sección.

Hastíos para no morir o ser salvada por el mito, el destacamento

Mayra permanecía sentada sobre la cama mirando una fotografía donde aparecía su hija. Miró para el fondo de la sección. Frente al televisor, el resto de las reclusas pateaban contra el piso y las más precoces se masturbaban ante el galán de la novela de turno.

—¿Es la tuya? —le preguntó la Niñera desde la ventana—. Yo también tengo una.

—¡Coño, qué susto! —exclamó—. ¿Qué tú haces aquí?

—La combatiente sacó a un puntico, que se picó por un ataque de tarro, a la enfermería y me escapé —respondió—. Es bonita y se parece a ti.

—Ya tiene novio. ¿Y la tuya?

La Niñera vaciló por un instante, pegó el rostro a las cabillas y le dijo en voz baja:

—Tiene cinco años y la tuve con un blanquito así, bonito como tú.

—Niñera —increpó la combatiente—, ¿qué tú haces ahí?

—Yo vine…

—Yo vine nada —interrumpió en tono áspero—. Siempre estás detrás de la última que llega, entra y anótate esta.

La combatiente tiró la puerta, cerró el candado y fue hasta Mayra. Parada en la ventana, le preguntó:

—¿Tú eres la económica?

—Sí.

—¿Qué tiempo llevas aquí?

—Un mes.

—Abre los ojos porque vas a perder hasta el alma —le dijo y gritó—: ¡Odalis, apaga el televisor y que se acuesten, que mañana es otro día!

Sutileza de una oración hundida en la noche

La oscuridad se había apoderado del penal. Por la ventana entró un aire frío, como de lluvia. Mayra fue a cerrarla.

—¿Qué tú haces levantada? —le preguntó Odalis, con voz impersonal, parada en el pasillo.

—Tapando esto —tartamudeó Mayra—, que hace mucho frío.

—Termina y acuéstate —le dijo en tono déspota—. Y no te quiero ver fuera del mosquitero.

—Coño, que rico. Coge, coge esta también. —Escuchó Mayra, minutos después, desde la cama del frente—. Cógela, co, co...

—¡No me la des ahora, cojones! —gritó otra voz.

Mayra alzó el mosquitero y pudo ver como Odalis naufragaba entre las piernas de otra reclusa que, sentada en el borde de la cama, gemía desesperada. ¡Pero qué es eso!, exclamó, y un sentimiento de repugnancia le estremeció el estómago. En la sección solo se escuchaba un quejido, más que de placer, conmovedor.

—¡Dios, coño!... Pero que lengua.

Sin lograr controlar el sobresalto que aún dominaba su estómago, Mayra volvió alzar el mosquitero y pudo ver, una vez más, a Odalis que abría con los dedos los labios mayores de la vulva que le impedían, con un extraño ejercicio de la lengua, abofetearle el clítoris a la reclusa, que con un movimiento desenfrenado se lo restregaba en la cara mientras su llanto comenzaba a brotar de forma intempestiva.

—Así me gusta —dijo Odalis limpiándose el rostro con la mano—, que llores.

Mayra sintió el remordimiento de un vómito y se dejó caer hacia un lado. Odalis caminó hasta ella.

—¿Qué mirabas, cenicienta? —le preguntó cogiéndola por el pelo, pasándole la lengua por un hilo de vómito que le bajaba por la barbilla.

—Yo no miraba nada —respondió Mayra con dificultad—, ¡quítate!

—Métele —dijo la otra reclusa—, que yo no me voy a poner celosa.

—Por lo que aparenta debe ser tremenda loca —murmuró Odalis aprisionándola contra la cama y lamiéndole el rostro.

Mayra quiso desprenderse, pero sus fuerzas quedaron reducidas bajo la emboscada tendida por Odalis y su compañera que, sujetándola por las manos, le decía al oído:

—Deja que te muerda los muslos, que vas a llegar al cielo.

Mientras Odalis, sentada sobre su cuerpo, le abría la blusa, le medía la altura de los pezones con la yema de los dedos, se mordía el labio inferior y sonreía con satisfacción.

A Mayra no le quedaba un sitio en la memoria para una señal o un grito. Su cuerpo, bajo las carnes de Odalis, se convertía en esa cruz que ya ningún santo querría besar. «Elegguá, Ellife, Ochosi, Osun, ¡ayúdenme!», murmuró ya sin fuerzas.

—¡Abre! —le gritó Carmen a la combatiente—, que la muy hija de puta la mata.

Las reclusas se agruparon en el fondo de la sección.

—A ver, que alguien diga algo —exigió Carmen—. Lleven a Odalis y a la Gorda para la celda.

—Eso fue un chivatazo —gritaba Odalis mientras la conducían esposada para la celda—. La que fue, después que la desbarate, le voy a picar la cara.

Mayra quedó acompañada por una oración que nunca la abandonó: *Elegguá, eleda, etié mi cosinca, etié mi cosinca…*

Me llamaban Charles

A Rafael,
sobre el último peldaño de la vida

El disparo —dolorosa soledad del que parte—

Nunca pensé que un disparo podría ser la salvación, un disparo y se acabó.

Cuatro hombres bajaron por la calle con la caja sobre los hombros. El cadáver era mi padre, mi padre muerto por un disparo.

Detrás Benito, Cosita y Pancho Guina toman aguardiente. Detrás tío Raúl también toma aguardiente, mira para la caja y grita:

—¡No me importa que te hayas muerto, en definitiva, fuiste un cobarde!

Otros murmuran: «Fue buena gente cantidad», «Buena gente ¿de qué?, ¡perro chivato lo que era!», «En el reino del Señor, todo el mundo es bueno»…

Detrás las hermanas, las tías, las abuelas desdentadas. Detrás mi madre sin llorar, sin una pizca de dolor. Detrás todos con tremendo bayú.

La escuela —moradores de un futuro incierto—

Estoy entrando a la escuela, a lo que llaman escuela y le ponen nombres de mártires caídos heroicamente en cualquier combate contra cualquier enemigo, pero que es un relajo llena de muchachitas que sonsacan a todos. Una escuela que, a pesar de todo, la llaman escuela. Yo voy entrando y todos me conocen y me chiflan y me gritan:

—¡Mariposita de primavera!

—¡Cuidado con la niña de mamá!

—¡El Rafa es...!

Yo los miro con sus gritos sórdidos y me da mucha vergüenza. De todos modos, entro. No les hago caso y entro, total, siempre va a ser igual. Siempre la misma escuela, los mismos profesores haciéndose los desentendidos. Siempre será lo mismo, hasta que termine.

Todos los de esta escuela son una mierda. Todos los de mi aula son una mierda. Excepto Yoel que me mira y se muerde los labios. Percibo su instinto de caníbal y olvido la suciedad del piso, el techo erupcionado, las obscenidades de los profesores retumbando entre las paredes. Nervioso me pongo de pie.

—Voy al baño —dije.

—¿A qué? —me preguntó el profesor.

—Al baño.

Seguidamente, Yoel me imitó:

—Voy al baño.

—¿No puedes esperar a que él regrese? —le preguntó el profesor.

—Estoy apurado.

—Vayan y no se demoren.

No hay comentarios, pero todos nos miran.

Estamos en el baño. Yoel se acerca y me dice:

—Tú me gustas.

—Cállate.

—¡Hazme una paja!

—Cállate.

Se me tira encima y nos besamos. Y me baja el pantalón y me dice que me quiere. Ya todo está vacío. Están vacío los pupitres, el aula, la escuela, tal vez el mundo. Su respiración bajó por mi espalda y de forma desesperada comenzó a penetrarme.

Todo permanecía vacío. Eso pensamos, que estábamos solos y que el mundo permanecía horizontal y que las gentes pasaban y miraban sin mirar. Pero, bajo el marco de la puerta, permanecía el profesor de mierda junto al resto de mis compañeros de mierda reclamando por una moral inexistente:

—Si tú padre se entera, ¡te mata!

—Apenas diecisiete años y ya es maricón.

—La papa podrida hay que sacarla del saco, sino…

Quedamos atravesados por una lanza ensordecedora, la desesperanza.

Peregrinación —absurda complicidad—

Decidí salir detrás de ellos, que caminaban con pasos lentos y la cabeza baja, como si sobre sus hombros llevaran el féretro de un ministro y no mi padre, sin su uniforme militar y silenciada su voz de mando.

Las abuelas desdentadas me miraban con la curiosidad que se mira a un insecto, se sacudían la nariz con un trapo y seguían sollozando. La más vieja y fea se me acercó.

—¿No te da vergüenza estar aquí? —me preguntó.

—No.

—Se mató por la vergüenza, por tu culpa.

—Petrona, él se mató por pendejo, por eso mismo que ustedes saben —gritó tío Raúl.

Mi madre los miró, con los dedos de la mano derecha se sacudió la nariz y después de limpiárselos con un trapo negro que llevaba sobre la cabeza, dijo:

—¡No quiero oír más de lo mismo, coño!

Yo los veía afilarse las lenguas, no reconocer que Dios perdona a todos por igual y no hay más que ser uno mismo.

Ellos continuaron culpándome. La gente quedándose en cada esquina, en cada bar que se encontraba abierto.

Servicio Militar —goce imantado del deseo—

—¡Firme! —gritó un sargento. De la faja del pantalón sacó una pistola, la desarmó y la puso sobre una mesa de madera. Llamó a un soldado, le quitó el fusil que llevaba colgado al hombro, lo desarmó y también lo puso sobre la mesa. Cambió las piezas de lugar y me dijo:

—Vamos a ver en cuántos minutos las armas.

Yo no daba con aquel rompecabezas. Mis manos y mis pies temblaban, y el sargento sólo sabía decir:

—Flojo, muy flojo. ¡Firme!

Volvió a gritar con voz varonil. Se me acercó y disparó a quemarropa:

—Aquí los hombres vienen a prepararse para la guerra, a morir si fuera necesario. Hoy vas a marchar hasta que aprendas.

Y comenzó un canto robusto, digno de un hijo de la patria vestido de verde oliva:

—Un, dos, tres. Al. Coge el paso. Un, dos, tres. Al. De nuevo y canta conmigo: Solo los cristales se rajan…

Y yo sudando, igual que un animal embestido, por la estupidez de un comemierda perdido en un éxtasis sin reposo.

—Los hombres mueren de pie. Un, dos, tres. Así es, dale. Vivo en un país libre…

Sus gritos lastimando mis oídos, desgarrándome la carne. Ya ni siquiera tengo la certeza de ser Rafael, si he regresado a mi casa o continúo en una guerra imaginaria. O quizás yo nunca haya existido y sólo sea el sueño de un soldado que en estos momentos se muere ante un sargento incapaz de darse cuenta que soy un débil maricón, que no resisto más y me voy a desmayar. Entonces pienso en Yoel, en su mirada tenue, en sus manos sobre mi cuerpo, interrumpidas por el fervor moralista del profesor y el resto de sus corderitos. Un teniente flaco y jorobado vino hasta nosotros.

—Sargento, ¿un recargo de servicio? —le preguntó.

—No, pero tú te imaginas lo que es no saber armar la pistola y el fusil.

—¿Y?

—¿Cómo qué y? No te das cuenta que se está cayendo sin sonar el primer disparo.

El teniente me miraba. Sus ojos estaban dotados del don de amar. Sus ojos lo delataban.

—Yo soy Laguart, el político —me dijo.

—Gracias.

—Yo pasé por eso.

—Gracias de todos modos.

—A la noche pasa por a mi oficina, que yo no me voy hoy.

Desde el albergue veo la luz de su oficina y siento no poder distinguir el rumor de los que me rodean, el dilema del ser o no ser, o la incomprensión de los que no aceptan que dos hombres existan y se amen en un punto donde el tiempo y el espacio puedan converger. Observo a los demás. Escucho sus historias de amor y desamor. Y pienso en el filo del odio, de los sueños frustrados y la soledad acompañada por una tristeza sólo bendecida por el silencio. Y decido ignorar la rigidez de cuántas órdenes me quieran imponer y salgo al encuentro de Laguart con una intención: exhalar suavemente los latidos de su corazón hasta sentirlo que se apaga, vivir toda la vida en ese único instante.

—Pasa.

Me dijo sin camisa y su cuerpo lo vi hermoso. En dos vasos echó aguardiente y se sentó a mí lado. Bebimos sin hablar. El silencio se hacía tenso y sus ojos brillaban.

—Cómo podré bendecir este encuentro —le dije.

Me quitó el vaso de la mano, lo puso a un lado y mientras me besaba, murmuró:

—Ya está bueno de tanta mentira, del prestigio y del qué dirán. ¡Quítate todo eso!

—¿Y mañana? —vacilé.

—Mañana vivimos juntos y nos creemos que somos felices, que vivimos en un país donde a nadie le importa nada.

Y nos desnudamos.

Y nos amamos.

Y soñamos con una calle en dirección al mar, con una casa y un huerto, donde juntos veíamos llegar el amanecer.

—¡Laguart y compañía! —gritaron desde afuera—, los estamos esperando.

Bajo de una carga de improperios contra nuestro deshonor abrimos la puerta. Un gordo se acercó a Laguart, le arrancó las charreteras de los hombros y comenzó una oración que parecía interminable:

—Traidor. Mereces que te corten los huevos. Para defender la patria hay que ser macho. Estás botado por maricón.

Pasado cinco días en el calabozo, me dieron la baja.

El cementerio —monólogo del orador—

Apenas ocho personas llegamos al cementerio para enterrar a mi padre. Un viejo lleno de pelo tomó un trago de aguardiente de un pomo plástico, limpió un hueco en la tierra, volvió a tomar otro trago, este más largo, y comenzó a hablar de forma incoherente:

—Después del nacimiento de Jesús nada ha sido igual, pero aquí estamos despidiendo a un gran hombre...

Yo miraba aquel viejo sucio y medio borracho. Lo veía mentir por una botella de aguardiente y veinte pesos. En realidad, todos mentían. Mentía mi madre, mis abuelas, sus hermanas, los pocos que llegaron y decían ser sus amigos.

—Que Dios tenga en la Gloria a este hombre, amigo de sus amigos, buen marido, buen padre.

Excepto tío Raúl, los demás caminaron hasta el hueco y mientras bajaban la caja dejaron caer flores sobre ella. Yo quedé alejado de todos. Tío Raúl se me acercó, echó un papel en el bolsillo de mi camisa y me dijo:

—No lo leas hoy, hazlo mañana.

Pasadas veinticuatro horas leí el papel. «Mario nunca tuvo el valor para enfrentarlo y siempre se ocultó detrás del uniforme. Mario era maricón», decía.

Nostalgias en el tiempo —otra paz sumergida en el polvo—

La distancia va borrando los rostros, las huellas de las interrogantes que un día nos invaden y quedan sin respuestas.

Hoy veo distinto el mundo. Tal vez porque sea más viejo lo vea distinto y un golpe de recuerdo va rompiendo mi memoria, las imágenes que se han quedado al borde de una luz que hoy define mi soledad.

Ya no me muevo como antes y solo alcanzo a ver una fotografía en la pared con la imagen de dos jóvenes sonrientes. Uno flaco y jorobado, otro que llamaban Charles.

Tengo los ojos cerrados para no cambiar la historia.

MUJERES MOJADAS

El día en que Jesús hizo el lodo
y devolvió la vista al ciego era sábado.
(Los fariseos interrogan al ciego
que fue sanado)

Versos 13-14

Detrás de cada rastro

Sábado, 08:00 a.m.
El día de descanso de mi madre es hoy, sábado. Ella
llega y se tira sobre un sillón. «Esta semana he trabajado
como una mula», dice y continúa con vulgares comentarios
de sus compañeras.

—¿A dónde iremos el domingo? —le pregunto.

Y permanece en silencio, con la cabeza recostada y los
ojos cerrados. Entonces me marcho para mi cuarto.

—¿A dónde quieres ir? —me pregunta, breve tiempo
después.

—A la playa.

—A cualquier lugar menos a ese.

—¿Por qué?

—Porque ahí fue donde conocí al degenerado de tu padre.

Vuelve hacer silencio y solo se escucha el chirriar del sillón, su respiración jadeante.

—Alcánzame la palangana con agua, que tengo los pies hinchados —me grita—. Siéntate, vamos a conversar.

Y comenzó una historia de cómo la mujer debe experimentar con varios hombres, hacerles creer que estamos atrapadas. Que nosotras debemos conocerlo todo, reflexionar para no parirle a ningún mediocre y «mira, yo terminé pariéndole a un degenerado». Mi madre contando la historia de una generación perdida en el tiempo. Yo pensando en la playa, la arena y los delfines.

12:00 meridiano

—Calienta el arroz y fríe un par de huevos —me dice mi madre.

—¡Coño!

—No seas desconsiderada, ¿no ves cómo tengo los pies?

Mi madre se sienta frente a mí, en la misma silla, en la misma esquina de cada día, en el mismo lugar donde desayuna, almuerza y come. En la misma esquina y sobre la misma silla donde, según me contara, hizo el amor hasta con el degenerado de mi padre. Mi madre come despacio, como si rumiara en el color amarillo del huevo, y me mira.

—Ya eres una mujer —me dice en voz baja—. ¿Tienes novio?

Su mirada es fría y me da miedo.

—Cambia la vista —le digo.

—No seas socarrona y responde.

—No he pensado en eso.

Mi madre me mira como un animal acorralado por la daga de su adversario. En sus ojos no veo ternura, tampoco el delfín sobre el que cabalgo en mis sueños, ni el aro que ella debe de sujetar para que él salte y yo sonría.

—¿Qué? —le pregunto.

—Ya es hora que dejes de soñar —me dice con un gesto extraño de la boca y aparta el plato—. Cuando termines recoges todo y lo pones ahí, yo friego más tarde.

07:20 p.m.

En el televisor dos hombres discuten sobre la situación del mundo, brindan fórmulas de masificación para llevar el buen vivir a cada rincón de la Tierra: «Las nuevas generaciones deben tomar conciencia y preparase para la guerra, nuestro planeta corre peligro y…». Lo apago.

07:32 p.m.

—¿Vas a comer? —me pregunta mi madre—. Para ni encender el fogón.

10:50 p.m.

En el cuarto, mi madre se desviste, se mira al espejo y sonríe.

—No tengo sueño —grita—. Tengo calor.

Me llama y no le hago caso. Viene hasta mi cuarto y la adrenalina que desprende quiebra mis sentidos. Me contagia su euforia, pero me resisto.

—Puedo atacarme con las uñas si no vienes —dijo parada al borde de mi cama.

Yo estoy sola, inmensamente sola y quería vengarme de esa soledad. No tenía novio, nadie que me hiciera olvidar cuán sola estaba y que la soledad es siempre la misma, un fragmento incógnito que te traiciona.

—La noche es propicia para estos trajines —dijo mi madre en tono desafiante—. Sobre todo, para asfixiarnos con nuestro sudor, para nacer o morirnos si fuera necesario.

Mi madre comenzó a bailar. Su cuerpo desnudo se movía al compás de una canción que tarareaba entre dientes y algo en mi interior me empujaba a sumarme al círculo, algo me hacía ver en ella otra realidad que no era la que estaba viviendo.

«Y si en realidad fuera un hombre. Un humorista. Un escritor de *best sellers*. Es un hombre bellísimo y presiento que podrá amarme con la destreza de cualquier mortal», pensé.

—¿Qué más se puede pedir? —La escuché decir en un fino aullido.

Entonces me levanté y comencé a desplazarme a su lado. Sentí su mano tomarme de la cintura y los pezones de mis pechos, no acostumbrados a roces frágiles, se endurecieron. Tenía la certeza que algo iba a ocurrir y me rasgué un pedazo del vestido. Mi madre se detuvo, con un gesto de impaciencia rasgó la otra parte y quedamos una frente a la otra, en silencio y desnudas.

—Llévame tú —le dije.

Llevó una mano hasta mis entrepiernas y con la yema de los dedos me acarició los labios inferiores de la vulva. Sonreía con algo de nerviosismo y la respiración entrecortada. Me rozaba ligeramente el clítoris y comencé a jadear con violencia. Entonces me lanzó a la cama, mientras con lentitud acariciaba mis pezones endurecidos, lamía con fiereza cada pedacito de mi cuerpo indefenso entre sus brazos. Por toda la noche se me antojó fuera un hombre que alguna vez debió haber sido hermoso, quizás en exceso, y me entregaba la complacencia de sentirme mujer.

Domingo, 09:52 a.m.

—Cuando siento los olores marinos, todo en mí se levanta —le dije a mi madre.

Ella caminaba en silencio, con algo de extrañeza.

—¿Qué te pasa? —le pregunté.

No respondía y su mirada estaba fija en un punto perdido en el horizonte.

—¿No vas a responder?

—Mira, ya se ve el mar —dijo evadiéndome—. Tal vez hoy puedas ver los delfines.

El aire me desordenó el pelo y un hombre flaco, de muy mal aspecto, nos piropeó.

—¡Cochino! —le dijo mi madre y escupió con rabia.

Nos detuvimos, después de mirarnos con fijeza al rostro, me comentó mi madre:

—¡Qué bonita te ves!

—¿Qué te preocupa?

—Él nunca se ha ido y sigue aquí.

—¿Quién?

—Él.

—Pero no…

—Él, ya te dije que él.

11:16 a.m.

—¿A dónde vas, belleza? —me preguntó un muchacho alto y bien parecido.

—Al delfinario, ellos son mis favoritos.

—Por favor, su tarjeta de identificación, la manilla o el pasaporte.

Le perforé el interior de sus ojos, donde predominaba el color verde, y le dije:

—Yo no soy extranjera.

37

—Lo siento —me dijo—, pero no la puedo dejar pasar, hoy es para extranjeros.

Algo en mí se estremeció, tal vez la sutileza de una repugnancia que no había podido advertir. Volví a mirar al muchacho y este, con un gesto inconcluso de la boca y los hombros, me dijo:

—Todo cambia y no nos queda más que aceptar o largarnos para el carajo.

Y comprendí que era cierto, que todo cambia, las gentes, los sistemas, yo, que tenía que regresar sin ver los delfines, con la amargura de no tener una tarjeta de identificación, una manilla o un pasaporte que dijera que provenía de un país distante.

11:58 a.m.

Mi madre no se apartaba de un hombre que no perdía un ápice de tiempo para pegársela más. Él la besaba y ella sonreía como un angelito acabado de recibir la bendición de Dios. Fui hasta la cafetería y compré dos *pizzas*. Al regresar, él repetía los mismos ejercicios, pero esta vez con mayor intensidad. Le apretaba las nalgas, la besaba en la boca, le mordía el cuello y los hombros, apenas podía respirar y sus movimientos se hacían más violentos. Mi madre casi que lloraba, imposible que se diera cuenta que yo estaba a su lado. Boté las *pizzas*, regresé a la arena y bajo de un árbol y mientras los miraba, comencé a acariciarme con los dedos la vagina, a sentir una excitación que nunca encontraría la forma de describir. Sentía su respiración por mi cuello, por la espalda, la espuma que simulaba su semen sobre mi vientre, y en el instante que los escuché gritar un sí de satisfacción, un torrencial de esperma caliente, salida de lo más profundo de mí, mojó mis manos y mis muslos.

30 minutos después.
Mi madre vino con el hombre hasta mí. Vinieron tomados de la mano, fundidos uno en el otro. Me puse de pie y la encaré:

—¿Dime?

Me miraba en silencio, sin denotar un gesto, una palabra.

—¿Qué? —insistí.

—Para que conozcas a tu padre.

—¿Qué?

Una duda rota —quizás la vida—

02:06 a.m.
Desperté sobresaltada. Me incorporé mirando a mi alrededor con algo de pánico y al ver los finísimos hilos de luz que entraban por las hendijas, me di cuenta que estaba soñando. Cerré los ojos nuevamente para obligarme a dormir, pero sentí unos quejidos que venían del cuarto de mi madre. Los quejidos aumentaron y fui hasta su cuarto. Al llegar, golpeaba la almohada.

—Para ablandarla —me dijo con voz cansada.

—¿Y por qué te quejas?

—¿Yo? Tú estás soñando.

—Eso creí. ¿Qué te pasa?

Me senté en la cama y me dijo con ternura:

—Acuéstate y pégate a mí.

Entonces me acosté a su lado y crucé los brazos alrededor de su cuerpo.

—¿Qué te pasa? —le volví a preguntar.

—No te preocupes, es un dolorcito nada más.

Permanecimos por un rato en silencio, hasta que se viró para mí y reflexionó:

—Lo peor de la vida es que todo se repite, aseveraciones y cuanta mierda la sustenta. —Respiró profundo—. El sexo lo aprendí de mi madre, por eso también te lo enseñé a ti.

—Ah —masculle.

—Una noche vi a mi padrastro cogiéndose a mi madre y sentí lo mismo que tú en la playa —continuó—, porque ella era mía y no la compartía con nadie. Yo siempre he dicho: Todo o nada. Pero no olvides que los hombres también hacen falta. Y si al final hiciste cuanto quisiste, ¿qué más le puedes pedir a la vida?

—¿Todavía te duele? —interrumpí.

—Pégate bien —murmuró evadiéndome—, vamos a dormir.

07:02 a.m.

Desperté consciente de que la noche no había detenido su paso. Mi madre permanecía en silencio, como dormida. Sentí que un pie se le desprendió y golpeó sobre el piso, su brazo izquierdo repitió la acción. Mi madre no despertó.

Desnuda advertencia del silencio cuando descubro la ruta

El sábado es el día de la semana que más amo, no porque fuera el predilecto de mi madre, sino porque es el marcado para lo más importante de mi vida. Por ejemplo. El sábado es cuando puedo ver los delfines. «Hoy es para nacionales, muñecón», me dice un negro a la entrada. Yo le sonrío, pues me siento cómoda de saber que no necesito identificación para entrar a ese pequeño rincón de mi país. También fue este día el indicado para mi primera relación sexual. Sobre las 10 y 50 minutos de la noche mi cuerpo se movía al compás de una canción que tarareaba mi madre. A las 10 y 56 minutos me rasgué el vestido. A las 10 y 57 minutos ella terminó de arrancarme lo que quedaba. A las 11 y 10 minutos quedábamos saciadas de nosotras mismas y de la frialdad que nos quería imponer la noche.

Es precisamente este día que escojo para detenerme frente al espejo y observar mi pelo castaño, mis ojos color carmelita oscuro, el mentón corto y recordar que, según mi madre, fue heredado del degenerado de mi padre y que de ella sólo heredé el buen gusto para las cosas y el instinto, casi mortal, para el sexo. Y que conocí a Chely, una mulata de ojos azules que me deslumbró.

Todo ocurrió de forma fortuita.

03:16 p.m.

Yo estaba sentada en un bar. Mi atención la ocupaba unas cuentas que resolvía para comprar un nuevo televisor, cuando escuché a una muchacha sollozar.

—Ponme un vaso de vino —le dije al cantinero.

Después de unos tragos y la insistencia de aquella muchacha con los sollozos, me le acerqué con el vaso y le dije:

—Tómate un trago. Dale, no tengas pena y dime qué te pasa.

—Me dejó por otra —respondió ahogada en otro sollozo.

Le pedí al cantinero que llenara mi vaso y le pusiera uno a ella.

—Gracias —murmuró.

Conversamos de todo cuanto acontece alrededor de esa especie que llaman hombre. Al darnos cuenta de que no íbamos a resolver la tragicomedia que representa estar sobre la tierra, convenimos volvernos a ver, esta vez en mi casa.

Chely apareció para llenar el vacío dentro del cual sucumbía cada amanecer. Con sus muslos separados, flacos y musculosos, los vellos negros sobre los pezones, el vientre completamente plano y el tatuaje a la altura de las nalgas, se convirtieron en la felicidad que sólo alcanzaba frente a los delfines. A su lado volví a recobrar el límite de las ilusiones, a alcanzar esa amalgama virtual de impulsos que fueron posibles por la locura de sus fricciones. Fue una relación intensa, más bien diría que lindando lo irreverente.

—Tuve un sueño —me dijo una noche.

—¿Sí?, cuéntamelo.

—Soñé que eras una suicida…

—Me gusta ser una suicida —interrumpí.

—Que estábamos en la playa. Un hombre se me acercó, me miró largamente y preguntó por ti, por mis padres, hizo muchas preguntas.

—¿Y?

—Respondí lo que me convenía. También me preguntó qué era lo que hacía allí. «Yo nunca sé lo que hago», le dije. Entonces se agachó y deslizó un poco de agua entre mis muslos. ¿Y sabes una cosa? El agua se convirtió en un niño.

—No digas nada más —le dije en dirección a mi cuarto.

Rato después vino y se recostó en la puerta. Hizo varios gestos de desesperación y me dijo:

—A veces he intentado volar, pero el aire ha estado denso y mis padres, que no habían cambiado nada, insistían: «Dale, vuela, vuela». Y sonreían sin cesar.

—Que prueba más delicada —le señalé en tono de burla. Cuando miré sus ojos estaban enrojecidos y su rostro reflejaba una transformación hasta ese momento inédita—. Discúlpame, ¿qué te pasa?

Caminó hasta el borde de la cama, se desvistió y me dijo:

—Después de esta noche me voy, regreso con él. —Se tendió a mi lado—. Llevo días pensando que ya es hora de tener un hijo.

—Esa decisión es tuya —le dije con desanimo—. ¿Lo hacemos?

Sentí sus poros dilatarse, su corazón latir con violencia y sus ojos recuperaron el color azul que tanto me había seducido. Por toda la noche fuimos dos seres aspirantes a la eternidad, dos suicidas que se comieron con un hambre de mil décadas.

Al otro día se marchó. También era sábado.

Pasé meses recluida en mi casa. Los primeros días fueron difíciles, pues la soledad te hace pensar siempre en lo mismo, en tratar de descubrir lo inexistente. Fueron los primeros tres días los que me devolvieron cada gesto, cada palabra, cada locura almacenada en mis adentros y que se reproducían rayando lo indócil.

Primeros tres días después de irse Chely

I

¿No querrás pensar en mí?

¿Mis pies te excitan?

Aquí estoy disfrazada de ángel, acariciada por la piel aceitunada de tus manos.

¿Quién puede ser, mi madre, su sombra tendida a mi costado?

Chely. ¿Eres tú, Chely?

No sé con quién hablo, no sé.

II

En la noche mi cuarto había perdido la forma.

Mi cuarto parecía un disco volador.

Tal vez una nave espacial y dentro un extraterrestre burlándose de mí.

Hemos crecido tanto y estamos tan solas.

Otra vez te digo: «Nada surtió efecto».

¿Y la sociedad?
Ah, la sociedad no perdona.
Quítate el disfraz, que todo es un cuento.
¿Volveremos a hacer el amor?
No sé con quién hablo, no sé.

III
El mundo está equivocado.
Tal vez muchos estén equivocados.
Enciende la luz que me gusta así.
¿Qué te bese con la luz encendida?
¿Eres tú, madre?
Chely. ¿Eres tú, Chely?
La soledad, la casa, las paredes.
Esta soy yo.
La otra eres tú desnuda y yo…
La vida.
La sociedad.
Y nunca supe con quién hablaba.

Otro modo de dialogar

Viejo, siempre pensé que para recordar bastaba cerrar los ojos, pero por más que lo intento no logro bajar otra imagen que no sea aquella en la playa donde poseíste a mi madre.

El tiempo ha pasado y, aunque no quiera acordarme de nada ni de nadie, tu imagen perfora mis sentidos. Pero en honor a la verdad, lo único nítido que conservo son mis preguntas y las respuestas de mi madre acuchillando mi rostro.

—¿Dónde está él?
—No existe.
—En algún lugar tiene que estar.

—Se fue con otro. Lo de nosotros fue un convenio y punto.

Entonces me llevó a ver los delfines y quedé atrapada en sus juegos, a la sinceridad con que se entregan.

El tiempo ha pasado, pero no por eso hay que pensar en justificaciones. Nací mujer, como tú naciste hombre, y no hay que pedir perdón por nuestras preferencias sexuales, mucho menos avergonzarnos, ya que como humanos tenemos que sentir la sensualidad de vivir, y lo hacemos a nuestro modo. No podemos dejar que pese sobre nuestra conciencia la obsesión absurda del desamparo si nos tenemos uno al otro.

Pero cómo contarte, viejo, que mi infancia no fue feliz y me llegaron a fascinar las mentiras, que gracias a las muñecas que me rodeaban llegué a amar mi propio sexo, el que descubrí un sábado gracias a mi madre, que aquella no fue la niñez que me hubiera gustado tener y todavía tengo pánico de la luz, que lloro cuando el espejo me restriega en la cara que pude ser otra cosa —aunque no reniego de lo que he sido—, que en las noches me invade la nostalgia y me importa poco el tiempo y el espacio en que me debato.

Quiero que me cuentes de ti. Si aún tienes el pelo largo. Si padeces de obsesiones. Si te es imposible soñar como en ocasiones me sucede a mí.

Entonces, ¿nos volveremos a ver?, ¿nos sentaremos a la mesa y después de un café compartiremos los infortunios, también las victorias?

Con la memoria abierta a orillas de la verdad

Lunes, 09:00 a.m.

En una esquina permanecía sentada una muchacha trigueña, delgada, de pestañas largas y ojos negros. En sus manos sostenía una agenda sobre la que hacía cruces con un lapicero.

—De los resultados de esta primera consulta se desprenderá si necesitas una segunda —me dijo—. Por favor, siéntese en la butaca.

Le miré fijamente a los ojos y en ella vi el *alter ego* de Chely, recordé sus comentarios acerca de la belleza de las trigueñas y de lo auténtico de su cuerpo desnudo.

—¿Lista? —me preguntó.

Hice un gesto de afirmación con la cabeza, y continuó:

—¿Tú mamá?

—Murió.

—Lo siento. ¿Tú papá?

—Vive con su compromiso fuera de provincia.

Contrajo el rostro, hizo varias anotaciones en la agenda y con el lapicero entre los dientes, murmuró:

—Muy bien. ¿Tienes hijos?

—Me gustaría.

Cerró la agenda, se reclinó en la butaca y me dijo:

—Háblame de la niñez.

—Vivía con mi madre en una casa muy grande. Nunca me hablaba de mi padre y cuando lo hacía era para llamarlo degenerado. Por las noches dormíamos juntas, se acostaba desnuda y se pegaba a mí. «Para que cojas el calorcito», me decía. Mi casa era una celda. Yo era la prisionera y mi madre el guardián.

—¿Juegos?

—Jugué poco. Tenía bastantes muñecas, pero jugué poco. Las muñecas me hacían sentir la más solitaria del mundo y para serle sincera, jugar para mí no era lo más importante, porque me entristecía mucho.

—¿Cómo creciste?

—Con temor a casi todo, excepto cuando podía disfrutar de los delfines o llegada la noche sentía la piel desnuda de mi madre pegada a mi espalda, que comenzó a darme cierta seguridad.

La muchacha tuvo otro gesto de contracción en el rostro, hizo varias anotaciones más en la agenda y me preguntó:

—¿A qué edad tuviste la menstruación?

—A los catorce y medio.

—¿Primera relación sexual?

—A esa misma edad, tres meses después de la menstruación.

—¿Con?

—Mi madre.

Sonrió con una mezcla de nerviosismo y desconcierto. Después de una aparente calma, me volvió a preguntar:

—¿Si quieres no hablamos más?

—No se preocupe, siga.

—De acuerdo —murmuró con algo de incomodidad—. Y los hombres, ¿qué?

—A lo mejor deba intentarlo.

Se levantó de la butaca y vino hasta mí.

—Si no te interesa, podemos continuar el miércoles, ¿de acuerdo?

—Por mí no hay problemas.

—A la misma hora, ¿sí?

Martes, 07:30 a.m.

Todo el día lo pasé en un letargo de ilusiones, de un pesquisaje continuo en cada rincón de la casa. Miraba para la sala y ahí estaba ella sobre el sofá, con las piernas cruzadas y escribiendo en la agenda. Miraba para la cocina y la veía frente al fogón, removiendo el arroz con el lapicero entre los dientes. Al llegar al cuarto, ¡Dios!, que exceso de mujer hundida entre las sábanas. No me atreví acercármele. Entonces le pregunté:

—¿Quieres saber la realidad de mi vida?

Pero permanecía en silencio, mirándome desde lo más profundo de sus ojos negros. Y yo recostada a la pared, lanzándome a un abismo de falsas manipulaciones. «Grita. Dime hazme el amor con un contacto extraño. Autodestrúyeme, que en el fondo somos lo mismo», le grité. Pero permanecía en silencio, representando lo que era, una mujer imaginada.

Aunque ya tenía decidido el rumbo a coger, me masturbé.

Miércoles, 09:00 a.m.

—¿Estás tensa? —me preguntó.

—No, no lo estoy.

Abrió la agenda, hizo varias anotaciones y me dijo:

—Háblame del amor, ¿qué opinas?

—Quizás entregarnos a una incertidumbre que creemos cierta. No importa con quien, tampoco el sexo, igual es amor.

—¡Vaya! —exclamó con una sonrisa—. Y la vida, ¿cómo la asumes?

—Para mí es lo mismo. Es única y se vive, no da más posibilidades.

—Pero…

—Ya le dije, la vida, el sexo, todo es uno y no importa si se es hombre o mujer, lo que importa es saberlo disfrutar.

—¿Entonces? —me preguntó. Parada en la puerta anotó un número en la agenda y arrancó la hoja—. Es mi teléfono, cualquier duda me llamas. Y no olvides que todo lo nuevo provoca temor, enfréntalo.

Descubierto el árbol tendré adónde mirar

03:12 p.m.

El hombre me miró, alzó la mano con la copa e hizo un gesto. Yo lo ignoré. El hombre no dejaba de mirarme. Volvió alzar la copa y, esta vez, su gesto fue más visible. Yo le sonreí. Entonces vino hasta mí.

—¿Puedo? —me preguntó.

—Si quieres.

—¿Vas a tomar algo?

—Vino.

Algo en mí estaba sucediendo, algo que al mirarle el rostro a aquel hombre mostrando, tras una sonrisa, su dentadura de un marfil implacable, me hacía temblar. Nunca pensé que un hombre fuera a responderme a una sonrisa, que tuviera esa exagerada cortesía de declamarme un poema:

Detrás de la ciudad tu cuerpo desnudo.

Detrás de cada columna

el repicar de las campanas siembran una rosa.

Detrás de cada pétalo una gota de rocío,

la danza de un corazón

que asiste al acto espléndidamente

hermoso de verte desnuda…

Sentía miedo de mí, de tejer una ilusión y después no ser capaz de amarlo. Y me asaltó la duda: «¿Qué hago? ¿Cómo decirle, describir la incertidumbre? Estaré consciente del peligro que corro. Si no lo hago, ¿quién contará lo que pude ser?».

«Todo lo nuevo provoca temor, enfréntalo», escuché la voz de la psicóloga martillar mis oídos. Entonces abrí el bolso sujetado entre mis manos que sudaban, busqué el papel donde tenía anotado su número telefónico para llamarla, pero desistí.

—¿Qué piensas hacer esta noche? —me preguntó.

—Me gusta estar en mi casa, cocinar, tomar vino y ver la televisión.

—Yo quería...

—Puedes ir, yo vivo sola.

Y convenimos vernos en la noche.

08:21 p.m.

Ahora no estoy segura si fue por instinto, atracción o deseo de experimentar. Pero estaba impaciente, de una esquina a la otra de la casa, y loca porque llegara.

Todo pasó rápido, en medio de secretos, toques y vibraciones.

—Tienes una casa muy bonita —me dijo.

—Gracias.

—También tú estás muy bonita.

Me rozó ligeramente el rostro y los pelos se me erizaron.

—¿No vas a comer? —le pregunté nerviosa.

—Más tarde.

Y me vuelve a rozar el rostro.

Y sonrío.

Y tiemblo.

Y le paso la mano por la cara, por la boca.

Y lo oigo respirar bajito.

Y le doy un beso con algo de miedo, sin dejar de acariciarlo.

Y comienzo a sentir que algo gotea en mí, como si lloviera en mis adentros.

Y me abandono por completo a sus brazos.

Él comienza a desvestirse despacio, en medio de la penumbra, en medio del silencio.

—¿Qué haces? —murmuré atravesada por los nervios y la lluvia que no dejaba de caer dentro de mí.

Con gestos parsimoniosos me deshizo del vestido y me abrazó.

—Te amo —me dijo—. Creo que te amo.

Con los dedos me acarició el vientre, la espalda, las nalgas, el pubis… Era mi primer hombre y ya no podía detenerlo. Pensé en mi madre, en Chely y todo lo que un día fueron, pero nada era parecido y dejé que todo sucediera.

—Qué te gustaría comer —murmuré.

—A ti.

Y me mira a los ojos, a mi cuerpo desnudo.

Me muerde un pezón.

Se prende al otro.

Ya no puedo más, me tira al piso y se me acuesta encima.

Siento que me penetra una, dos, tres…

Lo siento y grito.

Grito por toda la noche, hasta que dejó de llover.

Una llamada y será suficiente

10:10 a.m. del otro día

El teléfono sonaba, pero nadie lo cogía. Pasados unos minutos volví a insistir hasta que escuché su voz:

—Oigo.

—¿La psicóloga?

—Sí, soy yo, diga.

—Gracias.

ROSTROS EN LA OSCURIDAD

La sanción

Pituco permanecía de pie, absorto frente a un escudo que reflejaba el tallado de una palma, un sol naciente detrás de las montañas y una llave a la deriva en medio del océano.

—¿Usted me está escuchando? —le preguntó una joven con voz suave.

—Sí.

—¿Tienes algo que alegar? —le volvió a preguntar.

—No.

Entonces, un hombre gordo y con voz insociable, dijo:

—Se sanciona al acusado Ernesto Rodríguez Sancho como autor de un delito de lesiones y evasión a seis años de privación de libertad como sanción principal y como accesoria...

—¡Vaya al carajo! —murmuró Pituco y le preguntó al combatiente—: ¿Ya nos vamos?

—Falta otro juicio —respondió esposándole las manos detrás de la espalda—. Vamos para el carro celular.

Una hora después apareció el mismo combatiente con otro recluso. Cuando el recluso fue a montar al carro celular, el combatiente hizo por ayudarlo.

—Que ni se te ocurra poner tus manos sobre mí —le apuntó el recluso con voz delicada.

El recorrido

El carro celular avanzaba por el centro de la ciudad. Pituco permanecía sentado detrás del chófer. El otro recluso observaba por la ventana.

—¡Qué calor! —dijo el recluso con voz melosa, miró para Pituco y le preguntó—: ¿Cómo te llamas?

—Pituco.

—Yo soy la China. —Le tendió la mano y le volvió a preguntar—: ¿Por qué caíste?

—Por un par de palos que le di a un bugarrón en el centro de menores y me fugué —respondió con sequedad.

La China lo miró y en sus ojos, ocultos bajo las cejas rasuradas, se dejó ver las sombras del desconcierto.

—¿Lo limpiaste? —le preguntó.

—No, pero le di para eso —respondió con firmeza Pituco—. ¿Y tú?

—Metí un con fuerza. A la salida, el viejo que estaba de guardia se metió y lo tuve que limpiar. Me echaron veinticinco. ¿Y a ti?

—Seis.

Pituco le observaba la camisa por encima del ombligo, el *short* ajustado a las caderas y la piel mulata, muy fina.

—¿Tú siempre fuiste así? —le preguntó Pituco con timidez.

—¿Así cómo?, ¿maricona?

—Es que…

—No cojas lucha —interrumpió La China sentándose a su lado—. Mira, a mi vieja lo único que le importaba era que la tuvieran clavada. «La vida está dura, mi mulatito», me decía. Un día fui a ver a mi abuela y oí unos quejidos que venían del cuarto de desahogo, cuando me asomé, estaba el viejo clavado con un negro. Otro día, ese mismo negro fue a la casa, al ver que yo estaba solo se sacó la tranca y me preguntó: «¿Te gusta?». Desde entonces, los odio por no haberme puesto otra cosa bajo las patas.

—¿Por qué te enterraron otra vez? —le volvió a preguntar Pituco.

—Le piqué la cara a un *traste* que me quiso vacilar —respondió con un gesto transversal de la mano derecha—. ¿Y tus viejos?

—A la vieja no la conocí —respondió Pituco con desgano—, y del viejo mejor ni hablar.

—No digas nada entonces —murmuró La China. Regresó a la ventana, mientras miraba los alrededores, le volvió a decir, esta vez con voz aguda—: En la prisión tienes que darte a respetar y aunque no te gusten las mariconas, si me necesitas puedes llamarme. Yo aquí tengo mi aché ganado.

La prisión

—Llegaron a casa —gritó el combatiente abriendo la puerta del celular—. Pasen al túnel para que los requisen.

—Quítense la ropa —exigió otro combatiente con un bastón de goma en las manos.

Pituco miró a la China, que con un gesto de los ojos le indicó que se desvistiera.

—China, agáchate —le ordenó el combatiente.

—Que se agache otra —sentenció recostándose a la pared.

El combatiente se colgó el bastón a la cintura, llamó por más combatientes y esposaron a la China desnuda.

—Llévensela para la celda —ordenó.

La China le guiñó un ojo a Pituco y le dijo con voz tierna:

—Si me necesitas, mándame a buscar.

El destacamento I

En la sección, los reclusos observaban con recelo a Pituco, que permanecía con la vista perdida más allá del ventanal que daba a la puerta principal del penal.

—¡Cubran! —gritó un negro con la cabeza rapada. Miró a Pituco con ojos de perro acorralado y le dijo—: Menor, ponte aquí.

—Ese es el Cofi —murmuró un recluso detrás de su espalda—, el cuartelero.

La puerta del cubículo se abrió y entró un combatiente con una tablilla en la mano. Se le acercó al Cofi y le preguntó:

—¿Cuántos?

—Ciento cuarenta y uno general y treinta en el cubículo, mi jefe —gritó—. Cuando termine el recuento no rompan.

—No te demores —le dijo el combatiente y se marchó.

El Cofi se paseó de un lado a otro del cubículo.

—Un tabaco —dijo con voz raída.

Desde el fondo del cubículo salió un recluso desgarbado, vestido con una blusa de dormir transparente. Con pasos mesurados se dirigió al Cofi.

—Tabaco no hay —le dijo con voz mimada—, pero te traje un cigarro.

Le puso el cigarro en la boca y del pecho sacó una fosforera que encendió con delicadeza. El Cofi dio varios pasos más hasta que se detuvo frente a Pituco.

—¿Quién te dio ese primer piso? —le preguntó.

—El combatiente.

—Aquí no hay más combatiente que yo —le replicó en tono déspota—, sube para el tercero y déjame esa vacía.

—¡Ese es mi macho! —gritó el recluso desgarbado.

—Mañana —le dijo Pituco.

El Cofi dejó caer el cigarro al piso, lo aplastó con el pie y murmuró:

—¡Vaya, boconcito el menor! —convirtiéndolo en víctima de su cólera.

En el tercer piso y, con aparente calma, permanecía Pituco. Del bolso sacó una jaba de *nylon* y de ella la imagen de Cristo. Lo llevó hasta su pecho y dijo con rabia:

—Aquí, si uno se hace el bobo le parten la vida y este bugarrón me la paga.

El toque continuo de una campana anunció la hora de la comida. En el pasillo formaban los reclusos que se disponían a salir para el comedor. El Cofi cogió su pote, se lo lanzó a Pituco y le gritó:

—Hoy tienes que traerme la comida.

Pituco era el último de una hilera de reclusos que salía del comedor. Avanzaba con el pote de comida en la mano cuando escuchó la voz burlona de uno de los combatientes que le preguntó:

—¿Tú eres la próxima víctima?

Bajo las miradas y las sonrisas del resto de los reclusos, puso el pote sobre la mesa. Observó el bastón de goma que rebotaba sobre la mano izquierda del combatiente y le dijo:

—Usted manda.

—Seguro que *yes* —le dijo el combatiente.

Se llevó las manos a la espalda y con el rostro cabizbajo caminó hasta el cubículo.

—¿Y la comida? —le preguntó el Cofi.

—Esa la vas a buscar tú si quieres —respondió subiéndose en la cama.

—¡Duro el chama! —gritó el recluso desgarbado.

El Cofi caminó con lentitud hasta la cama de Pituco.

—Rómpele la cara para que respete a los hombres —le gritó el recluso desgarbado.

—Cofi, deja eso que ya estás al botar —le gritó otro recluso en tono persuasivo.

—¿Qué pasa aquí? —preguntó el combatiente parado en la puerta.

—Nada, mi padre —respondió el Cofi con una sonrisa simulada—. Todo está bien.

—No quiero problemas —reparó el combatiente.

El Cofi miró a Pituco y sentenció:

—Te escapaste, pero anótela.

—Ernesto Rodríguez Sancho —gritó el combatiente.

—Diga usted.

—El reeducador que vayas a verlo —dijo abriendo la puerta.

Pituco observaba el decorado de la oficina. De la pared colgaba una bandera, había varias plantas ornamentales y una pecera donde los peces se disputaban la poca comida que el reeducador les dejaba caer.

—¿Físico? —le preguntó el reeducador sentándose detrás del buró.

—1512530 —respondió enfáticamente.

—Te dicen Pituco, ¿no? —le volvió a preguntar, esta vez parándose nuevamente frente la pecera.

—Sí.

—Bien —murmuró. Dejó caer el resto de la comida a la pecera e ironizó—: Aquí tienes que ganarte las cosas con disciplina y dentro de lo que cabe, también sus cositas, ¿tú sabes?

—Mira, mi jefe —le dijo Pituco apoyándose sobre el buró—, todo lo que usted dice está bien, pero yo no vine aquí como chivato.

El reeducador lo miró fijamente a los ojos y le dijo con solemnidad:

—Este papel es de la China, ¿la conoces?

—La conocí en el tribunal —enfatizó con un gesto airado—. Pero sin misterio, porque yo soy un hombre.

—Está bien —concluyó el reeducador—, cualquier cosa, sabes que estoy aquí.

Detrás de la escalera Pituco leyó el papel. «Me enteré lo del Cofi. No te dejes meter el pie que él es tremendo bugarrón y de la maricona me encargo yo», decía.

Los dados rodaron por el piso. Uno dio contra el borde de una cama y rebotó hacia atrás, mostrando tres puntos negros en hilera. El otro, al detener la marcha, dejó ver en la cara superior dos puntos más, haciendo la suma de cinco. El Pelly, después de encender un cigarro, echó los dados en un vaso plástico y los lanzó al piso. Uno de ellos se detuvo y dejó ver un punto. El otro, al finalizar un giro alrededor de la pata de una cama, mostró otro uno, sumando dos. El recluso desgarbado le acarició el pelo al Cofi, que no dejaba de mirar al Pelly, hundido en la derrota.

—Perdiste —le indicó el Cofi.

—¡Por esta vez! —vociferó el Pelly, quitándose las manos que sobre sus hombros le tenía puesto la Miky, su protegida.

El recluso desgarbado recogió el parkisonil[1] y los cigarros que esperaban por el vencedor, y sin dejar de mirar a la Miky, dijo:

---

[1] Parkisonil: (En Cuba) Nombre comercial para el Trihexifenidilo, una droga para el tratamiento de la enfermedad de Parkinson. *(N. del E.)*

—Dos azules y un cigarro es lo mejor para hacer el amor.

El Cofi apartó el cajón que hacía de mesa y dio un recorrido por el cubículo.

—¡Se acabó! —gritó—. ¡Nadie habla!

Volvió a caminar por el pasillo. Se detuvo frente a la cama de Pituco, sintió el peso de sus ojos y sin pensarlo fue hasta él.

—Vamos al cuartel —le dijo—, tenemos que hablar.

El Cofi cerró la puerta. Pituco se pegó a la pared y le preguntó:

—¿Qué coño de tú madre quieres?

—Esto no es de guapería, sino de inteligencia —le dijo avanzando hacia él—. Y tú, si quieres, puedes lograr lo que te dé la gana.

Una nube gris segó los ojos de Pituco, quien, con los puños encrespados, le lanzó una patada. El Cofi se le arrojó encima y lo neutralizó.

—¡Suelta! —forcejeaba Pituco—, ¡bugarrón de pinga!

Mientras el Cofi le tocaba las nalgas, mascullaba entre dientes:

—Este culito te lo parto yo.

—Cofi, te vas a desgraciar por un trastecito nuevo —le gritó el recluso desgarbado desde afuera—. Deja eso que ahí viene la policía.

Pituco caminó hasta la puerta, apoyó el rostro en los balaustres y dijo con agresividad:

—Te vas Cofi, te vas.

Los dedos de Pituco acariciaban un angular que llevaba oculto bajo la camisa. El recluso desgarbado lo observaba desde la cama, salió al pasillo y como si avanzara sobre una pasarela, fue hasta él y le dijo:

—Mi macho es mío y nadie me lo quita.

—Salgan, que va a tocar la campana —gritó el Cofi parado en la puerta. Le lanzó el pote a Pituco y le advirtió—: Tráeme la comida.

Pituco dejó caer el pote al piso.

—Te volviste loca, puntico —exclamó el Cofi avanzando hacia él.

—¡Pártele la cara! —reclamó el recluso desgarbado.

Pituco miró, con el rostro imperturbable, a los ojos del Cofi y le dijo:

—Yo soy Pituco.

Y acto seguido sacó el angular y lo clavó en su hombro izquierdo. Volviéndolo a clavar, por segunda vez, sobre su espalda. Los reclusos se agruparon en el fondo de la sección. En el piso, sobre un pantano de sangre, reposaba el Cofi. Se sentían sus quejidos cuando Pituco, cubierto por una ira reverberante, lo pateaba por la cara. Después lo alzó por el pelo y con su rostro pegado al de él, le gritó:

—¡Yo soy Pi-tu-co, hijo de puta! —Dejándolo caer contra el piso.

Buscó al recluso desgarbado, lo cogió por la camisa y lo arrastró hasta el Cofi.

—Yo soy macho —le dijo lazándolo sobre él—. ¡Grábate eso, maricona!

Las celdas I

El sonido de un relámpago y su luz, iluminando el interior de la celda, hizo que Pituco se despertara. De pronto, una intensa lluvia filtró una gota de agua que le acarició el rostro.

—¡Combatiente! —gritó.

—Dime.

—¡Es de la nueve! —volvió a gritar.

—¿Qué quieres?

—Que esto se moja y yo…

—¿Cuándo te enteraste? —interrumpió—. ¿Tú no eres matón?

—No seas payaso y sácalo —se encaró la China desde la celda doce.

—Si te haces la graciosa, mañana tampoco sales —aseveró el combatiente.

La lluvia continuaba con su persistente tintineo sobre el techo. Pituco, con papel periódico y guata de colchón, hizo un cigarro y después de varios intentos fallidos, logró encenderlo. Dobló el colchón y lo llevó hasta una esquina del baño, sentándose sobre él. Como cada vez que estaba solo, volvieron los recuerdos. Mezclada con la lluvia y el humo del cigarro llegó una mujer. «Mercedes», murmuró y vio que abría las piernas y de sus muslos brotaba un fuego lento. De pronto sintió los pezones resbalándole sobre el pecho, su lengua relamiendo las gotas de agua que desprendía el clítoris. Se abrió el pantalón, aprisionó con la mano el músculo y comenzó a friccionarlo sin control. Las imágenes de Mercedes se perdieron en el espacio y en el momento que comenzó a sentir el desliz del semen, cayó ante sus ojos las nalgas redondas de la China.

—¡Coño! —exclamó de rodillas sobre el piso.

—¿A costilla de quién? —le preguntó el combatiente.

Pituco no respondió.

Entre los balaustres de la ventana, una débil luz penetró a la celda. Pituco, aún sentado sobre el colchón y recostado a la pared, bostezó y lanzó una saliva al escusado. El combatiente recorrió las celdas. Golpeaba con el bastón en las puertas y decía:

—Recuento.

Al llegar a la celda nueve abrió la puerta y dijo:

—Pituco, ponte contra la pared, alza las manos y abre bien las patas.

—¡Tú te la comes! —gimió la China—. ¡Verdad que eres!

—¡Deja de hacerte la linda! —le gritó el combatiente mientras le requisaba el cuerpo a Pituco—, que todavía te clavo par de días más.

—¡Firme! —gritó el pasillero.

El oficial de guardia, desde el centro del pasillo, comenzó a contar:

—Uno /Bien. Dos /Tuyo. Tres /Aquí. Cuatro /Todo bien. Cinco /Mío, mío. Seis /Suave. Siete /Sí. Ocho /Ya. Nueve /Aquí... ¡prepárate!, que el reeducador viene a verte —le dijo y continuó—: Diez /Contigo. Once /Hasta la muerte. Doce...

—¡Ya estoy lista! —gritó la China—.

—Trece /Número prohibido...

—¿Puedo ver un momento a Pituco? —le preguntó la China.

—Diez minutos.

Pituco fumaba recostado a la pared.

—Te voy a traer una caja de las buenas —fanfarroneó la China con voz melosa.

—No tienes que traerme nada —balbuceó.

—Ya me voy, pero oye bien —le susurró—. El jefe de orden interior me va a poner de pasillera aquí. El Cofi no se murió y ya lo trasladaron, y por su maricona no te preocupes.

—China —rezongó el combatiente—, se acabó el tiempo.

—¡Para todos los trastecitos un beso, salaos! —gritó con zalamería.

—¡Puuutaa! —gritaron los reclusos.

El reeducador abrió una agenda, arrancó una hoja y la puso entre las manos de Pituco, que permanecía sentado detrás de él.

—Esa hoja es para que escribas si no quieres hablar —le dijo—. ¿Por qué pinchaste al Cofi?

—Pregúntaselo a sus informantes —respondió mientras hacía trazos ilegibles sobre la hoja.

—Pituco, esto no…

—Con todo el respeto que usted se merece, pero a mí nadie me va a limpiar —interrumpió—. Y de la sección, que yo le puedo decir que usted ya no sepa.

—¿Y la China? —le preguntó sin que se le moviera un párpado.

—Una maricona que se ha portado bien conmigo —replicó inquieto—, hasta ahí.

—Esto es de una tal Mercedes, que está allá afuera —le dijo en tono apaciguador, dejando caer un sobre encima del buró—. Dice que le mandes a decir si puede volver.

Pituco cogió el sobre y caminó hasta la celda. Parado frente a la puerta, le gritó:

—¡Dile que no venga más!

Dobló el sobre y lo lanzó contra la pared. Caminó por la celda. Se detuvo frente a la ventana y escudriñó en el patio que daba al fondo, donde dos reclusos tomaban un baño de sol. Uno encendió un cigarro y le dio de fumar al otro, quien, después de absorber con parsimonia el humo, lo cogió por el cuello y lo besó en la boca. «Cochino», dijo, lanzó una saliva al escusado y se dejó caer sobre la cama. Escuchó voces que venían del patio. Volvió a escudriñar y vio a los mismos reclusos sentados en el piso, junto a ellos un combatiente vestido de camuflaje y a su lado otro recluso que no pudo identificar. Con estupor vio al combatiente entregarles a los dos reclusos tres tiras de pastillas y estos se marcharon, dejándolo solo con el tercer recluso. Quedó petrificado cuando vio al combatiente sacar del bolsillo del pantalón un pomo plástico y dos pastillas que tomó con la ayuda del líquido. Después, al recluso desabotonarle el pantalón y chuparle el músculo. Fue hasta el bolso, cogió el Cristo, una tira de esparadrapo y lo pegó a la pared. Se arrodilló y murmuró: «Padrenuestro que estas en los cielos…».

—No me digas que eres religioso —interrumpió el combatiente.

—Deja eso y fíjate en otras cosas —rugió.

—¡Comida! —gritó el combatiente—, ¡saquen los potes!

—Vaya, loca. Ahora sí. Esto era lo que tenían que hacer hacía rato —gritaban los reclusos cada vez que le depositaban la comida en los potes.

—¿No quieres comida? —preguntó una voz con dulzor, frente a la celda nueve.

Pituco quedó en silencio.

—¿Quieres o no? —le volvió a preguntar.

Despacio sacó el pote y mientras la China removía con una pala de madera un líquido pastoso de color amarillo, le preguntó:

—¿Qué sabes de un combatiente que se viste de camuflaje?

—El jefe de orden interior.

—Hace una hora se la estaban mamando en el patio.

—Mi chino, aquí el que no apunta, banquea, y el que no, le mete a la pastilla.

—China, ¿estás haciendo el amor? —le preguntó el combatiente.

—¡Alimenta a su pichoncito! —gritaron desde la celda once.

—No sé para qué hablan, si al final todos terminan de bugarrones —murmuró la China con dulzor—. En ese pote va comida y cigarros.

El destacamento II

En la sección, los reclusos se debatían entre el desprendimiento de un nostálgico homosexual y la fuerza de la costumbre. El Pelly, traído de la sección uno, era el nuevo cuartelero. Con él trajo a la Miky.

—Cuando termine la comida los quiero en el pasillo —gritó el Pelly—, para decir lo mío.

—Dame el pote para traerte la comida —le dijo el recluso desgarbado al Pelly.

—¡Vuela! —ripostó la Miky—, que este no es tu nido.

El Pelly hizo un gesto con los labios en señal de satisfacción. La China, que observaba desde el fondo del cubículo, musitó:

—Putas.

—Bien, aquí no quiero robos y mucho menos sodomía —le dijo el Pelly a una masa de reclusos con rostros extenuados. Sintió el resplandor de los ojos de la China y rectificó—: Bueno, no al descaro.

Los reclusos se dispersaron y el Pelly, junto a la Miky, fue para su cama. Otro grupo, los más viciosos, se reunieron en las últimas cuatro losas y sobre un improvisado banco plantaron el juego de las cartas. Allí se veía al recluso desgarbado poseído por su desmedido apetito sexual. «Dale, Cara Sucia, que ahora sí ganas», se le escuchaba decir. La China observaba como Cara Sucia, cada vez que el recluso desgarbado le hablaba, se mordía el labio inferior. «Se despertó otro bugarrón», murmuró y fue hasta el pasillo, desde donde no se perdía un solo movimiento de los combatientes en la carretera. Rato después miró para el grupo de los jugadores y al no ver a Cara Sucia ni a al recluso desgarbado, regresó al centro del cubículo y preguntó:

—¿Dónde está el desgarbado?

Los reclusos dejaron las cartas y en silencio se retiraron para sus camas. Del baño se escuchaba un fino gemido y una respiración entrecortada. La China alzó la cortina que hacía de puerta y allí estaba el recluso desgarbado, desnudo y con el músculo de Cara Sucia en el umbral de sus nalgas.

—Aquí hay más hombres que también sienten —gritó, propinándole a Cara Sucia un empujón por la espalda.

El recluso desgarbado, en un gesto defensivo, se llevó las manos al rostro y comenzó a gritar:

—Fue él, fue él...

—China, ¿qué pasó? —le preguntó el Pelly.

—La descarada esta, clavándose así de fácil —gritó subiéndose sobre una banqueta—. Que aquí haya maricones no quiere decir que esto sea una patera. Pelly, la puta esta se va del cubículo.

—¿Qué pasa? —preguntó el combatiente desde el pasillo central.

—El desgarbado y Cara Sucia con sodomía en el baño —respondió la China, aún sobresaltada.

El combatiente esposó al recluso desgarbado y a Cara Sucia, uno de cada mano, y les dijo:

—Vamos a ver quién les quita del culo veintiún días en la celda.

La China permanecía acostada con los brazos en cruz sobre el pecho. A sus oídos llegó el eco de unos pasos que venían del pasillo. Se sentó y vio que desde la puerta el combatiente la llamaba con un gesto de la mano.

—¿Qué quieres? —le preguntó.

El combatiente la quitó de la puerta y le dijo:

—El jefe te quiere ver.

—¿Cuál?

—Deja de hacerte la graciosa —sentenció—. El de orden interior.

Caminaron por el pasillo y se detuvieron en la escalera.

—El paño está limpio, baja —le dijo el combatiente.

Atravesaron los ocho metros que separaban una instalación de la otra. Parados frente a la puerta de la oficina, le dijo el combatiente:

—Ahí está, dale.

El jefe permanecía desnudo, sentado sobre una silla y con los pies sobre el buró. A su lado reposaba un pomo plástico lleno de un líquido incoloro y un paquete de pastilla.

—Si yo me imagino esto, me hubiera puesto bien linda —dijo la China con un gesto ardoroso.

—Tú sabes que eres lo máximo —replicó el jefe poniéndose de pie.

La China dio unos pasos hacia el lado, se detuvo frente a la puerta del baño y le dijo:

—Espérate, que esto no es así. ¿Y yo qué?

—Pide por esa boca —contestó sin poder ocultar los deseos de poseerla—, que aquí no hay más nada.

—¿Y Pituco? —le preguntó llevándose a la boca dos pastillas y el pomo—. ¿Cuándo lo sacas?

—Mañana y no se habla más.

La China comenzó a desabotonarse el *short* mientras el jefe le besaba el cuello.

—Mañana sacas a Pituco —titubeó la China.

—¡Cojones! —le dijo ahogado en el desespero—, te dije que sí.

Con violencia la acostó bocabajo sobre el buró. Después de observarle detenidamente el orificio, comenzó a hilvanar entre sus nalgas todas las profecías que llevaba reprimida en sus adentros. Desde afuera, el combatiente, recostado a la puerta y a través de una hendija, se masturbaba.

—Cuando yo lo digo —le dijo el jefe con voz desfallecida—, eres lo máximo.

La China se vestía, observaba en silencio al jefe ponerse su inseparable traje de camuflaje.

—Dale —le volvió a decir el jefe—, y cuídate la lengua.

La China se adelantó, abrió la puerta y sentenció:

—No te preocupes por mi lengua y saca a Pituco.

En un extremo de la sección, el jefe de orden interior conversaba con un grupo de combatientes. Después de encender un tabaco, dijo:

—Hay que acabar con esa patera.

Del grupo se desprendieron dos en dirección a la sección. Uno de ellos, con las esposas entre las manos, quedó parado en la puerta. El segundo fue directo a la cama donde reposaba la Miky y le dijo:

—Recoge, que te vas de viaje.

—¿Para dónde? —le preguntó asustada.

—Para la meca del cine —respondió con aire de superioridad—. Para Hollywood.

El Pelly observaba desde su cama, se levantó y caminó hasta la puerta.

—¿Para dónde vas? —le preguntó el combatiente.

—Para el pasillo, tampoco se puede.

Desde allí observaba al jefe de orden interior, parado en la carretera con los brazos cruzados sobre el pecho y la mirada dirigida hacia él.

—Pelly —llamó la Miky.

—Vete —dijo Pelly sin mirarla.

—Dale y deja las escenitas —le gritó el combatiente a la Miky.

En la sección no se escuchaba ni el silbar del aire que entraba por la ventana, como si la despedida de la Miky hubiera lacerado el vapor que desprendían las paredes y estas derramaran sus colores en desafiante señal de dolor. El Pelly estuvo todo el día acompañado por una visión donde iba con la Miky tomado de la mano y al final del día quedaban unidos bajo las sombras de la noche. La China se le acercó, se sentó en el borde de la cama y le preguntó:

—¿Puedo hablar contigo?

—Sí. Tú eres trágica, pero buena gente.

—Deja eso —le dijo—. La Miky se va a meter a otro tipo por allá y tú tienes muchos años echados.

El Pelly se levantó y fue hasta el baño. De regreso, gritó:

—¡Nadie habla!, ¿eh?

La inspección I

El ruido de los pestillos, los golpes de los bastones contra las puertas y las voces desgarradas de los combatientes, dieron el de pie. El combatiente de la sección, parado frente a los cubículos, gritaba:

—¡Vamos, que ya viene la inspección!

— Mi padre, ¿quién viene hoy? —preguntó un recluso.

—El director y el jefe de orden interior.

—¡Firme! —gritó el Pelly.

El director se paró en la puerta. Después de caminar con las manos a la espalda hasta el centro del cubículo, dijo:

—Buenos días, ¿qué problemas hay?

—Sin problemas, mi padre —respondió un recluso desde la primera hilera—. Aquí todo está bien.

—¿Cómo está el orden interior? —volvió a preguntar.

El jefe de orden interior avanzó hasta situarse al lado del director.

—¿No hay nada qué decir? —insistió.

—Lo que se dice problemas, hasta ahora no hay —respondió la China. Miró al jefe de orden interior con las manos cruzadas sobre el pecho y una posición desafiante, y deslizó con sutileza—: Quién sabe más tarde.

—Así es como me gusta —exclamó el director dirigiéndose a la puerta—. Quiero un penal libre de quejas.

El jefe de orden interior quedó parado en el centro del cubículo, aún con los brazos cruzados sobre el pecho y la misma posición desafiante.

—Guaguy, así es como se hace, los problemas aquí los resuelvo yo —le dijo al recluso que había hablado desde la primera hilera—. Pelly, ponlo a trabajar en el boquete.

—¿Qué, desconectate lo mío? —le preguntó la China.

—Después de almuerzo lleva a la China a mi oficina —ordenó el jefe al combatiente.

La inspección II —continuidad redundante—

—¡Firme! —gritó el combatiente de las celdas—. Compañero director…

—No, acompáñame —interrumpió mientras caminaba para el fondo. Se detuvo frente a la celda doce y preguntó—: ¿Por qué estás aquí?

—Ese es el desgarbado —dijo el combatiente.

—El recluso tiene su nombre —sentenció.

—Yo me llamo Javier y estoy… por sodomía —deslizó con suavidad—. Yo soy homosexual.

—¿Cuántos días llevas?

—Diecinueve —respondió el combatiente.

El director anotó en una agenda, pasó a la celda once y dijo:

—Pedro, alias Cara Sucia. ¿Y ahora qué?

—Nada —respondió risueño—, con el desgarbado.

—Combatiente, ¿tienes a alguien más para castigo?

—No, compañero director.

—¿Dónde tienes ubicado a Ernesto? —le volvió a preguntar.

—En la nueve.

Lentamente avanzó hasta la celda nueve, parado frente a la puerta, preguntó:

—¿Cómo estás, Ernesto?

—Bien —respondió desde la posición de firme.

—¿Cuántos meses llevas?

—Voy para seis.

—Ya es tiempo que te incorpores a la sección —concluyó el director.

Los cubículos

En el comedor, los combatientes se acomodaban para informar los resultados de la inspección. El director abrió la agenda y preguntó:

—¿Planteamientos realizados?

—En la sección uno y dos no hay planteamientos —dijo el oficial de control penal.

—En el área ocho, los planteamientos fueron sobre la atención médica —informó el jefe de aseguramiento—, pero se les dio solución al momento.

—Esos son los combatientes que necesitamos, enérgicos —exclamó el director—. A Javier y a Pedro lo sacan de la celda. A Ernesto, el lunes lo mandan para la sección, ya ha estado bastante tiempo aislado. ¿Algún planteamiento?

Los combatientes permanecieron en silencio.

—Los felicito —exclamó una vez más el director—. Que siga siendo, este, un penal libre de quejas.

Oficina del jefe de orden interior

La China esperaba sentada sobre una silla por la llegada del jefe de orden interior. Mientras pensaba en Pituco, lo veía venir con pasos lentos hasta ella. Se puso de pie y entró al baño. «Que asquerosidad», dijo y con un pañuelo secó el borde de la taza, sentándose después. Con intranquilidad fue hasta la puerta. Regresó y se sentó nuevamente. De súbito, la misma imagen volvió a reiniciar su inofensivo recorrido. Se veía frente a un espejo vestida de blanco y a su espalda Pituco, moldeando la madrugada donde ella ocultaba su irrefrenable amor. «¿Qué me ha hecho este hombre?», murmuró golpeándose con una mano sobre las piernas.

—¿Dónde radica el dolor? —le preguntó el jefe parado en la puerta.

—Ya pasó una semana y nada de Pituco —dijo la China poniéndose de pie.

El jefe caminó hasta ella y la apresó contra la pared.

—No cojas lucha que yo lo saco —profirió con su rostro pegado al de ella—. Pero si tú estás metida con ese traste, olvídalo.

La China sintió un ligero temblor en las piernas. Puso las manos sobre el pecho del jefe y no pudo quitárselo de encima.

—Espérate —reclamó—, eso no es así.

—¿Qué coño quieres, un hotel? —le preguntó con rabia.

—Un hotel no, pero tampoco que me mates —respondió con voz melodiosa—. Tú sabes que por la tarde aquí no queda nadie.

—¿Cuál es el misterio? —le inquirió en tono amelcochado.

—Los pabellones, no es la primera vez

El jefe quedó meditativo. Se sentó detrás del buró, encendió un tabaco y le dijo:

—El único que puede estar aquí a esa hora es el director y ese viejo no se mueve de la oficina. A las cuatro en el cinco.

El destacamento III

La China sonrió con amargura, llamó al Pelly y le dijo:

—Me hace falta un favorcito.

—No hay lío, dispara.

—Que le des un primer piso a Pituco.

—Eso él se lo ganó —dijo y le preguntó con impaciencia—: ¿Qué tú te traes?

—Hay ruido en el sistema —respondió en dirección al baño—. Dicen que me voy de traslado.

El agua comenzó a bajar por el cuerpo de la China, que con lentitud pasaba el jabón sobre su piel, mientras sentía las manos de Pituco acariciándola. «¡Vaya macho!», murmuró excitada. Entonces sintió que el corazón se le perdía ante un fuego que le invadía la respiración haciéndola más lenta, hasta que un escalofrío la derrumbó. «¡Coño!», se alarmó, quedando su cuerpo abatido sobre el piso. El sonido de la campana la hizo reaccionar. Alzó la cortina que hacía de puerta y gritó:

—¡Que nadie entre!

Sin abandonar la posición elevó los brazos y con el rostro apoyado sobre una losa, dijo en tono sentencioso:

—Te fuiste del aire, te fuiste.

—¡Ahí sí hay mulata! —gritó un recluso a la China, que caminaba por el pasillo.

—¿Adónde vas, al Paraíso? —le preguntó un segundo recluso.

Ella tocaba cada puerta con los dedos y decía:

—Envidiosos, yo no voy, yo los llevo.

Al llegar a la puerta, ésta ya estaba abierta, entonces avanzó hasta los pabellones.

—¡Combatiente! —gritó el recluso desgarbado.

—¿Cuál es tu apuro?

—Tengo asma, ya no aguanto más.

El combatiente condujo al recluso desgarbado hasta la puerta. Parados en la escalera, le dijo:

—Ve a la enfermería y regresa rápido.

Los pabellones

—Coño, tú sí que eres rápido —le dijo la China al jefe, que esperaba sentado sobre una silla, en calzoncillos.

—¿Para que soy el que más mea aquí? —le dijo, mostrándole un paquete de parkisonil y un pomo plástico lleno de un líquido incoloro—. ¿Cuántas?

—Tres, hoy son tres.

—Así me gusta —exclamó mostrando los dientes manchados por el tabaco—, para verte bien perdida.

Después de tomar las pastillas acompañadas por el líquido que contenía el pomo, fue hasta el baño y comenzó a desvestirse. Primero se quitó el pulóver, después el *short*, lanzándolo sobre el rostro grasiento del jefe que le preguntó iracundo:

—¿Hasta cuándo, loca?

La China salió del baño y modeló ante los ojos del jefe, que la miraba extasiado. Cogió el pomo, se sentó sobre su vientre y mientras él sonreía, dejó que el líquido corriera por su pecho, el que comenzó a limpiar con la lengua. El jefe se sentía subir por una espiral, acariciaba el tatuaje voluptuoso que ella ocultaba entre sus piernas.

—Voy al baño —le dijo la China.

Cuando salió observó al jefe recostado al espaldar de la cama, desnudo y con el pomo entre las piernas.

—Dale, putica mía —le suplicó.

La China cogió su ropa, abrió la puerta y salió despavorida para la cerca que limitaba el área administrativa del penal.

—¡Miren, estos son los jefes que ustedes tienen, bugarrones y pastilleros! —gritó sin que le temblara la voz—. Entren para que vean al jefe de orden interior *empastillado* y borracho.

Desde el otro lado de la cerca, los combatientes observaban con estupefacción. Hasta el aire vio entorpecido su avance cuando, de forma abrupta, el recluso desgarbado salió de un costado del pabellón con una cabilla afilada en la mano y, sin dar tiempo a que los combatientes y el director, que también observaba desde las persianas de su oficina, salieran del estupor, la clavó repetidamente en el costillar izquierdo de la China.

Desde una esquina del pabellón, sentado en la acera y envuelto en una sábana, el jefe de orden interior observaba al recluso desgarbado de cara al piso y esposado de las manos, y a sólo un metro de distancia, la China sobre un pantano de sangre que fluía de los agujeros de su cuerpo.

Las celdas II

—Toro Pinto, ¿a quién habrán limpiado? —preguntó el recluso de la celda cuatro.

—¡Combatiente! —gritó él recluso de la celda siete—, habla, ¿no?

—Yo sé lo mismo que ustedes —gritó alarmado mientras recibía a un grupo de combatientes que llegaban a las celdas.

—¿Qué esperan para decir lo que pasó? —chilló Toro Pinto desde la celda cinco.

—La China desmoralizó al jefe de orden interior…

—Yo sabía que ese estaba al caer —interrumpió el recluso de la primera celda.

—¡Cojones! —increpó el recluso de la celda diez—, dejen que termine.

—Y el desgarbado sorprendió a la China y también la limpió —dijo uno de los combatientes.

—¡La China! —exclamó Pituco dejándose caer sobre la cama.

El chirriar ensordecedor del carro de la comida lo devolvió a la realidad.

—¿Vas a comer? —le preguntó el nuevo pasillero.

Sacó el pote, sin prestar atención, donde le depositaron la comida. Miró al interior y, unos granos de arroz tratando de sobrevivir entre un líquido amarillo grasoso, fue el aviso de los recuerdos que ávidos llegaron a su memoria. Entonces vio entrar la imagen esterilizada de la China. Esperó que se sentara frente a él, como lo hiciera en el carro celular, y volvió a escuchar su voz, a acariciar aquellas palabras tan bien moldeadas salidas de sus labios, siempre mojados por un hilo de saliva.

Y se dio cuenta que nada había cambiado, que nada cambiaría.

Índice

Otros títulos del Catálogo Erótika
Disponibles en Amazon

CAAW EDICIONES

Exorcismo Final, Yovana Martínez

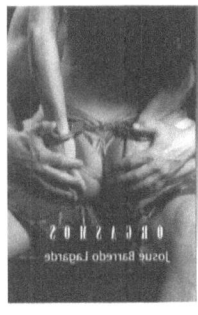

Orgasmos, Josué Barredo

2x2 no siempre es 4, Carlos Dueñas

CAAWINCMIAMI@GMAIL.COM

2017

www.ingramcontent.com/pod-product-compliance
Lightning Source LLC
Chambersburg PA
CBHW022050170626
46808CB00003B/1418